# Der Ablasskræmer

## Niklaus Manuel

Urheberrecht © 2022 Culturea
Verlag: Culturea (34, Herault)
Druck: BOD - In de Tarpen 42, Norderstedt (Deutschland)
ISBN: 9782385083397
Erscheinungsdatum: September 2022
Layout und Design: https://reedsy.com/
Dieses Werk wurde mit der Schrift Bauer Bodoni komponiert
Alle Rechte für alle Länder vorbehalten.

## RICHARDUS HINDERLIST.

Lösend den ablass und die genad, lieben fründ,

Für alle üwere begangene sünd,

Die ir im fegfür müesten büessen,

Oder in die hell drum müessen,

Do kein erlösing ist zu hoffen!

Der genaden schatz stat ietz offen:

Trinkend, diewil der brunnen flüsst,

Eb man die kisten wider bschlüsst!

Dan hie ist rechte römische gnad,

Die finstu hie ietz eben und grad,

Als eb du zu Rom in siben kilchen wärest.

Wenn du des ablass von grund's herzen begerest,

So gibt man dir brief und sigel drum,

Dass du vor gott bist ganz rein und frumm,

Und magst ouch erlösen us fegfürs pin

All dine fordren, so verscheiden sin.

So schnell das gelt im becke klingt,

Dass die seel in den himmel springt!

Ougenblicklich fart sie darvon,

Wie möcht sie bass in himmel kon?

Drum lassend üch das gelt nit turen! –

Nun tragend zuher, lieben puren!

Das gelt, das ir hie werdend geben,

Wirt nit gebrucht, mutwillig z'leben,

Sunder den Türken zu vertriben;

Und so etwas wurd überbliben,

Wirt gebrucht zu sant Peters gepüwen.

Lieben fründ, land üch das gelt nit rüwen!

Man git eim ieden, nachdem er vermag,

Hunderttusend jar oder drissg, fierzg tag,

Karenen, kwaderienen, oder wie er wil;

Wucher, roub, gestolen gut oder von falschem spil,

Wie du das mit mürden, verraten gewunnen hast,

Wenn du mir ietz min teil ouch darvon erschiessen last,

So bedarfstu das ander nüt wider z'geben!

Bis du güt mennli mit! du magst wol mit leben!

Hettestu vater, muter, all fründ und tier angangen,

Cristum verraten, sin reiniste muter gefangen:

Bicht's und rüw und gib ein petzen oder zechen!

Ist's denn schon minder, ich lass es ouch beschechen

Und vergib dir sünd, schuld und pin.

Ist das nit holdselig und fin?

So wil ich dri oder fier guldin nen

Und dir gut brief und blyin sigel gen.

Hettist du alle die sünd getan,

Die menschliches hirn ersinnen kan:

So du lift an dem letsten end,

Sol man dich absolvieren p'hend

Für pin und schuld qwitt, ledig und los

In kraft dis briefs. Lug, ist das nit gross?

Wie erzeigt sich der papst so miltigklichen!

(Da-da-das hiess dem rappen mus ingstrichen!)

**DIE PÜRIN ZILIA NASENTUTTER** *mit der rostigen Hällenbarten.*

Sä hin den brief, gib mir min gelt!

Man weist doch ietz in aller welt,

Dass büebery und schelmenwerk ist,

Itel betrug und tüfelslist,

Darmit ir ablasskremer verfüeren

Und dass ir all noch so tür drum schwüeren.

Du bist vor ouch einmal har kummen

Und hast mir vier guldin abgnummen

Um disen fulen falschen brief;

Des ich darnach nit rüewig schlief,

Do ich vernam, es wär ein falscher tuck,

Ein ganz widercristlich schelmenstuck.

Drum gib mir min gelt flux und gschwind,

Oder es kostet dich din grind!

Da richt dich nach, denn es muss sin!

Nimm du den brief und schiss drin!

Friss den buchstaben, sigel und alls

Und geb dir gott das hell'sch für in hals!

ANNI SUWRÜSSEL.

O wolf, ich kenn dich an der stimm,

Wiewol du erzeigst dich nit grimm!

Aber du bist wol sunst zu verstan

Und hettestu zechen schafshüt an.

Sag an, wo hastu das gelert,

Dass du mich in der bicht so hert

Hast gestraft um drü bare pfund,

Um dass ich's nit verhalten kund,

Do mich der buchblast so hert anstiess,

Dass ich in der kilchen ein fürzli liess?

Das hastu mir so schwer und gross geacht,

Ein sünd in den helgen geist drus gemacht

Und mir drü pfund darum abgenummen,

Dardurch ich zu absolutz möcht kummen.

Ist doch nit sünd und wenn's schon wär

Ein sünd in gott, vast hert und schwer,

So kouft man doch nit gotts gnad um gelt,

Und wär sin als vil, als gras im veld;

Wie Petrus sprach zum Simeon,

Tröwt im das hellisch für zu lon.

Darum gib nun har geschwind und schnell drü pfund,

Du tückischer wolf, du plutiger hund!

Ich wil dir sunst die term von rippen roufen,

Oder du musst mir under 's ertrich entloufen!

BERTSCHI SCHÜCHDENBRUNNEN.

Schow, schow, Schabdenseckel, bist aber kon!

Du hest uns doch erst fern das gelt abgnon

Und mir ein guldin in sunderheit

Drum, dass ich mich zu mim wib hat gleit,

Do sie in der kindbette fierzig tag was gelegen

Und eb mir's der kilchherr erloubt mit sim usfegen.

Das hastu mir so gross ingeredt,

Als eb ich joch gott verraten hett.

Mir nit des segnens! ich begeren sin nüt!

Ir pfaffen sind sorgklich und mutwillig lüt,

Unser kilchherr gesegnet vern eine früe vor tag us,

Die macht im ein jungen sun, den bracht man im zu hus.

Des segens darf min wib nüt, mir nit der katzen!

Los pfaff, ratich, du wirst uns numen me fatzen!

Ich wil min gelt wider von dir han

Oder dir die platten und kopf zerschlan!

Ja und darnach so richt dich, ob du wellest!

Lug, dass du mir kein bösen haller zellest!

DER BETTLER STEFFEN GIGENSTERN.

Du falscher provet, o topeldieb, bist du aber im land?

So ist man wol sicher, dass es arm lüt nit gut hand!

Du überredst aber die lüt mit dinem liegen,

Sie müessind grad richtig alle in himmel fliegen.

Ja grad schnell, wie ein ku in ein müsenloch!

Du gibst in's glatt in mund und spottest, ja lügst doch

Und machst, dass man dir zucher treit,

Gross hufen gelts in 's becke leit.

Man vergisst unser armen elenden lüt

Vor dinem grossen gebrecht und gibt uns nüt.

Wir essen selten oder niemer warme kost

Und lidend grossen hunger, turst und grimmen frost;

So bist du voll tag und nacht, ja alle zit.

Noch ist der tüfel in dem verfluchten git,

Dass man üch nit erfüllen kan,

Henkend's den glatten huren an.

Zu Rom bi den grossen prelaten

Da sieht man vil loblicher taten.

Die mulesel sind mit samet bekleit,

Ein esel etwan so vil gold antreit,

Siden zoten, gefrens und zierd,

Das man us tütschen landen fiert:

Man ernerte hundert mönschen mit,

Denen man doch nit ein haller git,

Und aber üch buben um ein falschen brief.

Iy dass üch der speck in das hellisch für trief!

Wie beschissend ir die armen lüt

Wider alles das, das gott verbüt!

Gott wirt nit am jungsten tag erfragen,

Wer hab zu sant Peters münster tragen;

Aber nach den werken der barmherzikeit,

Darvon hat uns Cristus selber geseit –

Da wirt er fragen, öb man sie hab getan,

Den armen nit turst noch mangel gelan,

Die nackenden bekleit, die gefangnen tröst,

In summa brüederlich liebe ist das gröst.

Wolan, wir armen müessend uns tucken,

Unser krüz nemen uf unsern rucken

Und gott lan mit uns sin willen füeren.

Öb ir schon hie kein crütz nit anrüeren,

So findend ir doch dört üwer straf,

Die ir verdienend an gottes schaf.

Du hast von einem Türken geseit

Und wie das gelt werde angeleit,

Wider den selben Türgen zu striten.

Ich sach in hüt in din herberg riten,

Er hat vorhin ein grosse wunden,

Er hat dins stritens dick empfunden;

Du magst in noch krutzlich aber zwingen,

Hinacht am bett under dich bringen!

Sin brüst gend milch, sin har ist lang.

O wolf, dass dich der tod angang!


BERTSCHI SCHÜCHDENBRUNNEN.

Pfaff, pfaff, fürher mit dem gelt, gib us,

Eb dass ich dir den grindskopf erlus!


RICHARDUS HINDERLIST.

O schwig min pur, red gmach, ich bin nider!

Das gelt das wirt dir numen me wider!

Gedenk sin nüt! was nimmst in sinn?

Weist nit, dass ich ein priester bin?

Wie tarftu so frefen mit mir bochen?

Fürwar, gott lat's nit ungerochen.

Wir priester sind gesalbet, das weist du wol,

Und dass man uns nit mit gwalt angrifen sol!

PUR BERTSCHI SCHÜCHDENBRUNNEN.

Bist du gesalbet, so brünnstu dest lieber in der hell!

Den vorteil hast du dennocht vor mir, min lieber gesell!

Doch so bin ich bass gesalbet denn du deshalb

In zwei jaren zum sechsten mal im platersalb,

Und säche ich dich schon von öl recht glissen,

Ich schlüeg dich, dass du dich möchtest beschissen;

Wenn du mir min gelt nit wettest gen,

Da wurdistu hüpschen schimpf vernen!

ANNE SUWRÜSSEL *mit einer grossen kellen.*

Nun schwig, du schantlicher valscher pfaff!

Trischenmul! du schwininer rotzaff!

Du musst uns das gelt wider geben,

Oder es kostet dich din leben!

Richt dich darnach, ergib dich drin,

Wittu noch hienacht lebend sin!

ZILIA NASENTUTTER.

> Och hoch, das müesst uns wol erfröwen,
>
> Wöttest's du uns erst ab erträwen!
>
> Ja, wenn du bald ab der welt witt kon,
>
> So hilfen ich dir frig darvon,
>
> Ich zeigen dir ein meisterstuck.
>
> Nun schwig grad, dass dich's ertrich schluck!
>
> Ich triff dich, dass du die ougen verkerst
>
> Und kein falschen ablass niemerme lerst!

TRINE FILZBENGEL.

> Schland in nit, schland in nit, land mich im bürsten!
>
> O wäre im das mul voller winkelwürsten!
>
> Ich muss üch wunder von im sagen:
>
> Er het mir zwo kronen enttragen
>
> Allein darum, dass ich im gebichtet han,
>
> Dass ich mit minem fromen elichen man
>
> An einem vasttag tet, das man enent 'em bach tut.
>
> Do tröwt er mir des hellischen fürs flammen und glut
>
> Und macht mich verzwiflet und so gar erschreckt,
>
> Bis dass er mir sin röm'schen ablass enteckt,
>
> Dass ich im zwo goltkronen gab;
>
> Und nam mir denn ein fart ouch ab,

Die hat ich verheissen zu 'n Siben eichen,

Da tet der tüfel desmals ouch vil zeichen.

Nun wil min gelt ouch wider han

Und söt der heiss tonner drin schlan!

Nun säg flux: ja oder nein, weders du wit,

Ja und richt ouch darnach, ich schenk dir's nit!


RICHARDUS HINDERLIST, *ablasskremer.*

Ich büt üch recht, da lassend mich bi bliben!

Was wend ir so vil böser worten z'triben?

Zu Rom sitz ich in guten gerichten,

Ir wüssend, dass ich von hand nit fichten.

Ich büt üch recht zu Rom, da kummend hin,

Do ich mit für und liecht gsessen bin!


TRINE FILZBENGEL.

Dass dich der tonner schiess als atenlosen pfaffen!

Was hand wir armen lüt mit dir zu Rom zu schaffen?

Das wurd in alle wis und weg ein spil,

Wir gewunnend ouch eben und grad als vil,

Als die gans, die mit dem fuchs kam für recht

Vor dem wolf, dem hund und irem geschlecht.

Pilatus urteil und Orias brief

Wurd dem, der mit dir gan Rom lief.

Ich sitzen nit so tür in die ürten.

Wir wend dich wol eins lochs nächer gürten!

Ja ja, pfaff, sichstu's, gott geb, du fluchest oder bettest,

Du musst uns b'zalen und wett gott, dass du es nit hettest!

ANNE SUWRÜSSEL.

Land mich an in und stand ir darneben!

Ich wil im das übrig ushin geben,

Und lugend ir zu, wie ich im strelen!

Wer wil wetten, ich wil im nit felen?

Ich wil im frig mit der kellen winken,

Es lust mich bass, denn essen und trinken!

STEFFEN GIGENSTERN, *bettler*.

Da-da-da-da herr, bis gelobt, gott wil mich rechen!

Ich pitt üch aber, dass ir in nit bald erstechen.

Schland in sunst, dass er dennocht kum leb

Und dass er alle kwatter von im geb!

Ich wil üch wunder von im sagen.

Man söt in langest z'tod han gschlagen!

Ir wüssend nit, was die böswicht schelmenstuck tund.

Ich sach, dass er zu Nussach fern am kanzel stund,

Da treib er wunder abentür mit liegen,

Ich dacht ein wil, der kilchturn sött sich biegen.

Doch wenn man in fragte witer, denn bim eid,

So seite er vilicht den rechten bescheid.

Streckend den böswicht an einem seil,

So hörend ir siner tück ein teil!


RICHARDUS HINDERLIST.

Ich tun üch allesamen in des papsts ban,

Und würt üch niemand usher und ledig lan,

Denn der papst oder ich allein in eigner person.

Da-da-nun werdend ir uf ein hüpsche kilbe kon!

Wie ir hie sind, bede man und wib,

So gib ich dem tüfel seel und lib.


ZILIA NASENTUTTER.

Ich schiss dir uf ein ietlichen bagkenzan

Und uf din falschen nidigen bäpstlerban!

Ich geb dir nit ein böse krumme gufen,

Ja nit ein lus us einer grinden rufen

Um din falschen ablass und ban!

Behalt in selb, wüsch die schu dran!

Was wänstu, dass man drum werd geben?

Man förcht dich nit, du stichst darneben.

Har, har, wir wend dich leren gigen,

Du musst kein büebery verschwigen!

Har, har, wir wend den keiben strecken

Und mit dem seil sin gwerb erfecken!


ANNE SUWRÜSSEL.

Frisch dran, ich wil den böswicht binden!

Da wirt man sin schelmery finden;

Er ist in büebery wol gelert und durchriben.

Du musst dran, du schelm, du hest's lang gnug; getriben!


RICHARDUS HINDERLIST.

Erbarm sin gott vater, bapst und all kardinäl!

Ich han leider wit, wit geschossen fel.

Mir felend ietz bede, der ablass und ban,

Daruf ich mich dick frefenlichen hab verlan.

Nun gond dennen, ir wiber, und lond mich ân not,

Ich weren mich sunst und schlan etwan eine z'tod!


TRINE FILZBENGEL.

Nüt denn! Dran, wir wend im zwachen!

Wer dich, der tod der wil dir nachen!

*Sie namend in gemeinlich und schlugend in zu der erden mit kellen, kunklen, schitren; und ein alt bös wib lüff darzu mit einer rostigen alten hallenbarten, und bundend im hend und füess, zugend in an einem*

*seil hoch uf in aller wis, form und gestalt, wie man ein mörder streckt, bis er sprach, er wett vergechen.*


ZILIA NASENTUTTER.

    Nun sing, sing, vögele sing, pfif uf ein lied

    Wie gfallend dir nun die wiber, wenn bist mied?

    Hettest du mich und ander unbeschissen gelan,

    So möchtest du wol ietz hieniden fin rüewig stan!

    Du löstest us einem furz drü pfund,

    Des hang mir ietzund ouch da ein stund!

    Hätt ich erst das ander ouch darzu getan,

    Was müesst ich dir um den dreck geben han!


RICHARDUS HINDERLIST *schrei lut.*

    Land mich abhin, ich wil alles das sagen,

    Das ich tan hab in allen minen tagen!


*Sie liessend in herab und sassend ringswis um in her, fragtend in, was sie anfacht und er antwurt, verjach eins nach dem andren.*


ANNE SUWRÜSSEL.

Pfif uf, pürli, seg an, wie ist es gangen?

Und sag die warheit, denn du bist gefangen!

Oder man wirt dich wider ufhin henken,

So tribstu noch ein wil vil guter schwenken.

RICHARDUS HINDERLIST.

Wolan, so wil ich's üch frig grad usher sagen!

Ich han den lüten hie gar vil guts enttragen,

Desglich in tütschen und welschen landen

Bin ich am kanzel manchmal gestanden

Und hab vablen und märli gedicht,

Die alle dahin warend gericht,

Dass man ablass koufte, den ban schüchte,

Der seel nach opfret mit kerzenlüchte.

Da sprach ich, wie ich wüsste ein heilgen man,

Dem Cristus selb hett kund getan,

Wie grusamlich das fegfür brönt

Und wie der tüfel durch sie rönt

Mit glüegenden sesslen und gefrornen gablen;

Wie die seelen schrigen, loufen, grinen, zablen,

Wie man sie uf rösten pratet und glüegt

Und wie man sie in grossen kesslen verbrüegt,

Wie sie der tüfel redret, fierteilt und henkt,

Demnach spiesset, köpft, redret, brönt, ertrenkt.

Und macht das alls so grusam und gross,

Dass inen der schweiss vor angst usfloss,

Die söliche fablen von mir horten.

Ich tet es dar mit gar ernsthaften worten.

Demnach so kond ich aber erdenken

Mit sunderbaren listen und renken,

Wie etlich seelen wärend erschinen;

Da fiengend die lüt erst an zu ginen

Und losen flissig, was ich seit.

Sie wandend, es wär ein warheit,

So was es alls erdacht und erlogen

Und alls us toctor paffengit zogen.

Denn seit ich, wie die seel hätt geredt;

Wenn man iren vast bald helfen wett,

So sot man dri drissgist lesen lan

Und alle tag zu dem opfer gan,

Ein brot, mass win, zwen schilling bringen

Und darmit zu dem altar springen;

Dri kerzen solt man all tag brennen,

Zu sant Jacob, Jost ach ouch rennen.

Von disem allem hatt ich teil und gemein.

Doch so bin ich ouch der sebig nit allein:

Unser sind vil allenthalben im land,

Die sölich pratick mit den pfaffen hand.

Wir tribend den kilchherren das gwild in das seil,

Denn habend wir von allen dingen den halben teil:

Messen, jarzit, vigilg und sölich gespenst,

Das füllt und macht uns gar grosse feisse wänst;

Und wenn ich von seelen sölichs seit,

So wurdend puren willig bereit,

Den seelen zu helfen us der pin,

Dass inen kein gelt zu lieb mocht sin.

Denn ich kond s' fin salben und inmassen puffen,

Dass den puren die ougen recht überluffen.

Und wenn ich's denn wol in das folk hat triben,

Han ich min ougen mit zibelen g'riben

Und weinet selb ouch vor inen allen,

Liess trän über die bagken ab fallen.

Wenn ich inen so grusam vom tüfel seit,

Wie er die armen seelen selb reit,

Sie hechlet, hacket, frass und beiss,

Verschluckt und darnach wider scheiss,

Wie er sie voll hülziner glogkenspis güsst

Und sie denn erst mit fürinen belzen erschüsst:

Wenn sie das hortend, so was wib und man

Erschrocken, sie müchtend sich b'truslet han.

Das gab speck in die rüeben, so vil ich wott. –

Nun han ich's allsfamen gseit, samer gott!

BERTSCHI SCHÜCHDENBRUNNEN.

Du musst bass dran, wir sind noch nienen am end!

Sag an, wie ir mit üsren wibren hus hend!

Das musstu segen oder dran erworgen,

Oder wir streckend dich bis morn am morgen!

RICHARDUS HINDERLIST.

Ich han den wibren nüt übels tan.

Ich forcht allweg, sie seitens dem man,

Ich bin ganz from und unschuldig am selben end.

Streckend mich und tötend mich, tund mir, wie ir wend!

AGNES RIBDENPFEFFER.

Ziend den wolf uf am seil!

Das ist nit der halb teil

Der schelmery, die er hett tan,

Und henkend im gross stein ouch an!

Da werdend ir werklich possen vernen,

Was er uns dorfwibren zu buss hatt gen.

*Sie zugend in wider uf und hanktend im stein an, bis er schreig, man sött in abher lan, er wött witer vergechen. Sie satztend in wider uf ein stul und losten im alle.*

RICHARDUS HINDERLIST.

Ach gott, ach gott, wär ich tot, dass gott wett!

Ich han die pürinen dick überredt

In der bicht mit glatten worten,

Das werlich ir man nit horten,

Ich gäb ablass und hette des gute brief;

Welche frow ein nacht früntlich bi mir schlief,

Die hette ablass für schuld und pin;

Doch sött es treffenlich heimlich sin.

Ich han ouch wol ein hüpsche pürin überredt,

Dass sie die buss von stund an in der kilchen tet.

Wenn mir eine wol gefiel darzu,

Die hiess ich bichten am morgen vast fru,

Ich hette nit der wil im tag.

Was wend ir, das ich üch me sag?

TÜCHTLE KRÖSTÜCHLE.

Du schelm, seg an, dass dich gott muss plagen,

Was hestu für heltum umher tragen?

RICHARDUS HINDERLIST.

Ich bin einmal zu einem galgen kummen,
Do han ich ein hand von eim dieben gnummen
Und von eim rad ein mörderfuss gebrochen
Und hab denn fin zu den lüten gesprochen,
Es si sant Jörgen oder sant Helenen,
Ietz von sant Cristinen, denn von sant Frenen,
Und ie darnach es mich lustet und ankam,
Dardurch ich denn gross gelt und vil guts innam.
Ich dorft wol us eim rossbein lösen,
Ich mocht's eins manets nit vertösen
Mit miner huren, rossen und knecht.
Es gloubt's kein mönsch uf ertrich recht,
Was heimlich in der bicht wirt gewunnen:
Mir ist kein wib gar selten entrunnen,
Sie gab mir gelt, das mocht nit felen,
Ich hiess sie dem man redlich stelen.
Wo wir im land schlachend das leger,
Do wär der gmein zechen mal weger,
Man leite ein tell und stür uf die lüt.
Noch blibt der landschad heimlich, man spürt es nüt;

Denn iederman schwigt, dass er nit seit,

Was man im da in der bicht ufleit.

Das ist alles, das ich hab getan.

Ich bitt, ir wellend ein bnüegen han!


HILTGART KUTTELPFEFFER.

Es muss bass bissen, min ablassgiesser!

Junker lügeschnider, brieflischiesser!

Du hast noch nüt von stelen gseit,

Das ist ein gwerb, der ouch vil ustreit.

Ir hend gross ermel und wit münchskappen,

Ir diebsböswicht, stelend wie die rappen!


RICHARDUS HINDERLIST.

Was dorft ich stelens, mir ward sunst gnug,

Das man mir gern gab und zuher trug,

Dass ich keins stelens bedörfen han;

Aber das han ich wol etwan tan,

Wenn ich eim richen – si wib oder man –

Am morgen etwan bicht gehöret han,

Der mir nit nach mim willen gab,

So schneid ich im den seckel ab.

Sie dachtend niemerme daran,

Dass ich den diebstal hette tan.

ADELHEID STIFELHIRNE.

Seg an, was hat aber das mögen ertragen,

Dass du für alle strafen, siechtagen und plagen

Hast die lüt gebet und sundere segen gelert?

Da möchte sich ein ritter mit han ernert.

RICHARDUS HINDERLIST.

Wer wott den plunder allen erzellen,

Von wort zu wort in ein ordnung stellen?

Es ist kein presten so seltsam nit,

Wenn man uns numen etwas gelts drum git,

Wir könnend im sagen, was helgen buss es ist;

Darzu findend wir wol hundertmal tusent list.

Wir gesegnend wasser, pier, milch, win,

Die sönd gut für alle presten sin,

Rüden, eissen, brüch, fel ougen, lüs und grind,

Do lerend wir segen, die gut darfür sind;

Denn bannend wir die würm us dem ertrich geschwind,

Die fliegen us den erpsen und worinn sie sind,

Die grüenen stichling, so die reben zerstechend.

Das gelt us den secklen, dass sie nit zerbrechend!

Das selb ist zwar die bewertest kunst

Und denn vil anders gögelwerk sunst,

Bringt eben als vil, min lieben lüt,

Als wenn einer kem und brecht uns nüt,

Denn dass es gelt bringt und vil erteit.

Nun han ich üch's werlich alls geseit.

Doch noch eins falt mir ouch in sin:

Do ich zu Wänstetten gwesen bin,

Da han ich höw von eim schisshus genummen

Und sprach, es wär von Jerusalem kummen

Und wär Cristus drinnen gelegen.

Darmit gab ich den puren den segen,

Und gab's den puren ouch zu koufen;

Sie wottend einandren drum roufen.


BERTSCHI SCHÜCHDENBRUNNEN.

    Seg an, was haltestu aber uf ablass, ban und das?

    Des gib uns ein lütring, du weist's darum, bericht uns bas,

    Darmit wir us dem wunder kummen!

    Ir hend uns gross gelt drum abgnummen.


RICHARDUS HINDERLIST.

    Ich han üch's vast vorhin geseit:

Es ist ein gwerb, der gelt ertreit,

Sunst ist es nüt, das sicht man wol,

Dass es im boden gar nüt sol.

Doch ist es us, es lit am tag,

Dass gotts gnad niemand koufen mag

Anders, denn durch rüw und leid.

Des gibt alle schrift bescheid.

Gott lasst üch die sünd nach us genaden,

Allein us siner güete, ân allen schaden,

Durch das sterben Jhesus Crist.

Unser ding ist tüfels list,

Wir beschissend leider alle welt

Um das verfluchte amechtig gelt;

Mich hat dick gewundret, dass ir's nit schmacktend

Und uns all zu kleinen fetzen zerhacktend.

ZILIA NASENTUTTER.

Wolan, er het der erbsen gnug!

Begert er aber me, so lug

Noch um ein par fröwli, die in erstöiben,

Er wirt uns fürhin nit vast me hie töiben!

Wir wend ietz über sin teschen gan

Und unser geltli widerum han,

Das er uns falschlich ab hat genommen!

Des wend wir ietz alles wider kommen!

Richt dich darnach, wo du ein haller verschleigst,

Samer potz hur, ich stich dich, dass du öl seigst!

### ANNA SUWRÜSSEL.

Das wend wir tun, warum des nit?

Fröw dich, böswicht, dass man dich nit

Noch witer straft an lib und leben!

Doch wirt dir noch der lon drum geben:

Ein oberkeit wirt dir drum lonen.

Man sol din ouch nun gar nüt schonen.

### AGNES RIBDENPFEFFER.

Ich muss ietz seckelmeister sin,

Darum, du pfaff, ergib dich drin!

Ich wil üch all erlich vernüegen

Und wol bezalen, kan ich's füegen.

Doch nem iederman selb das sin darvon,

Alles das, so er im denn ab hat genon

Um buss und brief, ablass und ban!

Ir sönd ganz nüt dahinden lan!

*Sie namend sin gelt und bezaltend sich selb ie eins nach dem andren,*
*angesicht siner ougen. Hiezwüschen redt er sin spruch hieniden.*

RICHARDUS HINDERLIST.

    Der tüfel het mich under die wiber tragen!

    Sie hend mich geroupft, gstossen, treten, geschlagen,

    Gestreckt, ich möchte zerbrochen sin.

    Ist in der hellen sölich pin,

    Sind die tüfel als bös, als dise wiber gegen mir,

    So ist es pin und grusem gnug, das bedunkt mich schier!

    Ich gloub, kemend die wiber an,

    Sie törftend den tüfel selber schlan.

    Ich bin nun grech, ich han min teil,

    Kein aplass trag ich niemer feil!


AGNES RIBDENPFEFFER.

    Alde, lieben nachpuren und zürnend nüt!

    Wir hend von gotts genaden ein gut püt.

    Ir sind noch me der ablasskremer,

    Ich weiss noch ein münch, wett gott, kem er,

    Wir wettend im grad mit dem strel nissen!

    Schow, der böswicht het in d'hosen gschissen!

    Er stinkt wie der tüfel, ich mag nümen bliben.

    Gang, ler ein ander hantwerk, denn ablass schriben!

TRINE FILZBENGEL.

    Far hin, far hin und heb vergut von mir,

    Juckt dich die hut, so kumm nun aber schier!


ANNE SUWRÜSSEL.

    Benüegt dich nit, so kumm morn wider,

    So zünden wir dir aber nider!


HILTGART KUTTELPFEFFER.

    Far hin in aller tüfelen namen,

    Du müessest erblinden und erlamen!


ZILIA NASENTUTTER.

    Heiss die andren din gesellen ouch kon,

    Die uns das unser hend abgnon!


BETTLER.

    Bin ich nit wol gerochen, so ist gerst mus!

    Ich mein, er trag nun ouch bede, pin und buss.


BERTSCHE SCHÜCHDENBRUNNEN.

    Wenn es mich ie gelüstet hett,

Dass ich ouch ablass feil han wett,

So wär es mir doch ietz erleidet,

So der so jämerlich hie abscheidet.

ZILIA NASENTUTTER.

Nun losend, es schickt sich eben fin!

Wir hend nun iederman grad das sin,

So ist der ablassböswicht vertriben

Und ist noch ein gelt hie über bliben.

Ich rat, dass man's recht dem pettler geb,

Dass er sich mit bekleid und wol leb.

BERTSCHI SCHÜCHDENBRUNNEN.

Billich wem söt man's sunst gen?

Ich förcht numen, er werd's nit nen.

BETTLER.

Ich nim's an, wie der belli die knecht.

Herr gott, bis gelopt, das kumt mir recht!

Sach ie ein man uf erd desglich?

Erst was ich arm, ietz bin ich rich.

Wie wunderbarlich ist gott der herr,

Dem sige ewig gross lob und eer!

Wie hat er mich an minem figend gerochen!

Vil tusend mal bass, denn hett ich in erstochen,

Dass er vor mir wäre gelegen

Mit einem breiten schwytzerdegen!

Lösend den ablass und die genad, lieben fründ,
Für alle üwere begangene sünd,
Die ir im fegfür müesten büessen,
Oder in die hell drum müessen,
Do kein erlösing ist zu hoffen!
Der genaden schatz stat ietz offen:

Trinkend, diewil der brunnen flüsst,
Eb man die kisten wider bschlüsst!
Dan hie ist rechte römische gnad,
Die finstu hie ietz eben und grad,
Als eb du zu Rom in siben kilchen wärest.
Wenn du des ablass von grund's herzen begerest,
So gibt man dir brief und sigel drum,
Dass du vor gott bist ganz rein und frumm,
Und magst ouch erlösen us fegfürs pin
All dine fordren, so verscheiden sin...

ISBN 978-2-38508-339-7